AF142114

Pénélope et Pinocchio

Amours en miettes

Pénélope et Pinocchio

Emma Connan

Édition : BoD – Books on Demand,
12/14 rond-point des Champs-Élysées, 75008 Paris
Impression : BoD - Books on Demand,
Norderstedt, Allemagne

ISBN : 978-2-3224-0835-1
Dépôt légal : Décembre 2021

Pénélope est morte.
 Elle est morte devant un sac à dos vert et noir.

Pénélope sait maintenant que « aimer » s'apprend,
comme dans tout apprentissage
on trouve les bons élèves:
les grosses carrières,
on dira que c'est le mariage, avec enfants et petits
enfants,
vieilles mains dans vieilles mains,
peaux fripées mais coeur d' amants,
le vieux sourit tendrement
en regardant la petite grisée qui râle...
les novices, petits, tout petits, ils ont trois ans.
 le petit blond
 s' approche de la brunette,
lui tend la main, la brunette sourit.
elle colle sa tête contre le torse.
Le petit blond intimidé la serre, il est heureux, il rêve..
 aujourd'hui
c'est lui le héros.
Les coeurs sont pris très tôt.
les blessés: c'est une fille qui pleure le téléphone à la
main

Pénélope
sait maintenant que aimer s'apprend, comme pour tous
les apprentissages on trouve les
bons élèves:
les grosses carrières, on dira que c'est le mariage, avec
enfants et petits
enfants,

vieilles mains dans vieilles mains, peaux fripées mais
coeur d' amants, le
vieux sourit tendrement
en regardant la petite grisée qui rale...

 un arrêt de bus, un arrêt.
C'est le jeune homme qui boit dans une boite avec des
potes en blaguant,
elle est partie, elle lui a laissé des dettes.. il crache sur
la salope,
 il pleure dans les vingt cinq degrés de son verre

les désespérés: elle avale, elle se dit au revoir pour ne
pas lui dire
au revoir.
les chanceux, les intérimaires.. les travailleurs, les
oubliés.

Dans le sac quelques photocopies, et c'est l'inconnu.
celui qui lui a fait l' amour hier, lui qui a laissé un je
t'aime,
lui qui a posé ses mains sur sa joue
en soufflant ma chérie, lui qui cicatrisait les blessures,

répi
elle ferme les yeux, elle a envie d'y croire un
peu;encore, lui, n'est plus qu 'il.

Une arnaque pour romance, par quelques lignes,
Pinnochio sera un personnage
qu'elle racontera sans amour.

Pinocchio n'a pas de passé, pas de vie, c'est une illusion qui a fait
intrusion dans la réalité de Pénélope.

Pinocchio, piège.

Pénélope aurait pu se faire sauter dans une boite de nuit, par le premier alcoolique, elle se serait sentie moins salie, moins piétinée...
l'histoire aurait autant de sens.

Elle préfère les je te baise honnête,
Aux promesses non tenues,
les masques de chevaliers.
trahison préparée.

la pathologie Pinocchio va rencontrer la pathologie Pénélope
dans une
boutique de bonbons.
Dans les réglisses et les fraises tagadas ils ont scellé leur pacte.
ils joueront l'amour.
Pénélope.
Sa spécialité : s'illusionner.
Pinnochio, Sa spécialité illusionner les autres.

On a envie de tenir une main, de s'endormir dans des bras, que serions nous
prêts à faire?

le premier Ulysse un salaud, le deuxième un piégé, puis un enfant,

pas un homme, puis il y a le père de son enfant
enfant, lui, elle le préférera, elle l aimera tendrement
pour toujours,
parce que..
sans raison, Pénélope aime parfois comme une enfant,
avec lui ce sera sans
condition.
 elle perdra la mémoire
pour pouvoir continuer à l'aimer. il mettra la vie dans
son ventre.

puis, puis, puis...ensuite Pinocchio. Elle s'y attarde.
Il l'a fasciné.
c'est un feu d'artifice d'interrogation
l'impensable, l'impossible, c'est un son nouveau, une
histoire qui cogne.

l'inconnu, une névrose pour le caractériser.
Qui est il?
Qui est le sourire vendeur,le sourire forcé,
le regard flatteur?
un adversaire. un barbe bleue, mais Pénélope
a beau chercher
elle ne sera jamais ce que sa porte protège.

Qui est il?

"-tu aurais pu me libérer par quelques phrases, et tu ne
l'as pas fait?
- tu es belle, je faisais l'amour...grâce à moi tu as eu
quelques mois
de vie de princesse romantique,

-tu mens par bonté, tu as menti pour m'éviter de souffrir,
car les amoureux n'aiment pas faire souffrir?"

-je t'ai menti sur ma vie, pas sur le reste".

c'est quoi le reste?

je crois que la prochaine fois je serai amoureuse de la vérité.

Peut on être séduite par je t'invite au cinéma pour pouvoir te baiser,
si tu deviens ma petite amie,
je pète au lit, je t'oublierai pour mon ordinateur ou pour ma guitare,
je continuerai à fantasmer sur ma collègue
ne t'attends à rien de plus que deux départ en vacances, dix restos, et trois concerts,
un diner aux chandelles

elle dirait, je prendrai dix kilos, je ne m'épilerai que l'été,
 je raconterait notre première nuit torride à trois copines en te comparant
aux autres
je ferai le ménage au lieu d être dans tes bras, je me plaindrai de ta
mère, de nos voisins, de ma carrière
de mes cuisses, parfois ça sera jusqu'aux crises de larmes.
 Je bouderai pour
la poubelle et les poils dans le

lavabo

je te ferai hurler, je n'aurai plus envie de toi après la cent quarantième nuit.

je te dis tu es le meilleur mais mes dix ex m'ont fait jouir tout aussi bien, je vais flirter avec ton meilleur pot...

Amoureux du mensonge.

Pinnochio et Pénélope commenceront par un café, maquillage et bons parfums.

des bougies pour leur première fois. l'avion et Paris pour leurs premières vacances

un avion, des bras qui se serrent, des rires.

elle ne sait rien de lui, il y a les croissants, les bains chauds, le linge plié et préparé pour elle, le repas quand elle est lasse, elle s'endort sur son torse, parfois

Pinnochio préfère lui tenir la main que lui faire l'amour il n'y a pas de disputes, les limites sont dites avec tact ,et autorité.

Il y a les étoiles pour les hôtels, les goûters au chocolat parce qu'elleaime le chocolat, les agences pour une maison...

il est jeune, prèt à s'engager, il la trouve merveilleuse et veut être un père... fantasme de films américains

est ce qu'une fille veut un mec boiteux, laid, au chômage,

qui ne compte pas avoir d'enfant?

Alors c'était peut être une nécessité pour lui de devenir Pinnochio,
pour
faire rêver, et pour elle de devenir une Pénélope.
pour rêver.
doit on les plaindre?
est ce que Pénélope doit en vouloir a Pinnochio, de tout lui cacher.
Son âge, sa famille, son passé, sa profession.
est ce que Pinnochio cache ou ment parce qu'il n'y a rien, ou parce qu il y a
le pire,
l'innommable ?

le mythomane est un voleur de coeur ou un souffrant?,
un bienfaiteur qui fait vivre Pénélope
dans le luxe et l'insouciance?

Penelope est elle une princesse en attente d'être une blessée?

"-est ce qu'on peut se fréquenter?
-c'est vieux jeu?
- c'est mieux, non
- alors on se lance?

Il lui prépare un petit déjeuner, avec des croissants, un chocolat chaud,
il lui sourit
il regardent la ville

avec l'enfant dans les bras.
Ils sont trois.
c'est un matin d'amoureux,
un matin timide,
après une première nuit passée ensemble.
Ils n'ont pas fait l'amour, ce soir là, le petit était là,
Pénélope n'était pas prête
et Pénélope aime attendre. Pinocchio avait été classe,
parfait, les mots et
l'assurance qu'il faut pour mettre en sécurité, il est
parfait.
Terriblement parfait.

Le mensonge pour séduire, le rejet de soi pour se faire
aimer.

Pénélope, un matin vit le post sac à dos, l'après choc.
Elle navigue
entre l'acceptation et la recherche de la vérité.

Son petit déjeuner, son déjeuner, son dîner, sa nuit, ses
rêves sont baignés
par des pourquoi.
pourquoi, son cri de douleur,
son cri.
Pénélope veut savoir. Pénélope ne peut terminer son
histoire d'amour trop parfaite par un prénom.

Quand Pinnochio est parti, Pénélope jetait ses affaires
par la fenêtre
de son appartement.

Elle avait peur

de ce nouvel inconnu ,
de la boutique de bonbons;
l'inconnu sac à dos vert et noir.

Pénélope ne peut se résoudre à tourner la page aussi
facilement.
C'est sa nature.
Pénélope ne peut aimer
l'amour consommation.
Elle ne peut se résoudre à une fin d'histoire
si impersonnelle,
froide,
sans larmes
sans colère,
juste des sacs sur un trottoir,
un prénom, un numéro de téléphone,
quelques beaux souvenirs,
et un vide.

Pénélope apprendra plus tard que Pinnochio avait déjà
joué leur pièce,
avec une autre.
Pénélope était une répétition.
La ruse
Pinnochio avait déjà touché une autre. trahison
dédoublée,
Pinnochio ne lui aura pas
laissé l'exception de leur histoire,
l'inédit.
Fascination, remplacée par
Dégout.

"-pardon, Pénélope, je veux te revoir"

Pénélopre sait ce qu'il faut faire pour passer à autre chose,
 elle applique avec sagesse ce qu'elle doit faire
enlever les photographies, pester de lui avec deux ou trois copines,
pleurer dans son lit, trouver une nouvelle coiffure...fin de l'histoire…

mais le pardon de Pinnochio vient bouleverser, ses plans.
Pinnochio peut
vivre le remord.
Coup de thêatre, il a détaché ses fils.

Mais qui est il? est ce une ruse encore pour la retenir ou une brèche dans sa porte?

Pénélope est curieuse elle ira le voir.
" tu es malade
je voulais te raconter.
- te raconter ou raconter?
pénélope resserra les lèvres, et lança un regard de haine.
-l'extraordinaire aventure habitée par la grâce est devenue une situation banale.
" tu veux oublier, t'absoudre, réparer et pouvoir partir,
je veux savoir;
 je veux la vérité
je veux voir
ta laideur, je veux ouvrir la porte, je veux aimer
 sans projection,
sans l'illusion.
Je veux un réveil.

Je veux pouvoir tenir une attention nue,
dépourvue de tout projet
."- je ne suis pas à la hauteur
- si tu es parfait.
-commençons par faire l'amour, ce soir, le corps ne
trompe pas, l'odeur est vraie.
Je ne veux pas assécher notre désir
qui lui est réel. Je ne veux pas d'une autre imposture,
j'ai soif de vérité.
laisse toi inviter par surprise"
j'ai envie de toi. Je bois."

le soir ils ont fait l'amour,
 ils ont oublié l'histoire; ils ont oublié
les mots qui coulent sans arrêt.
Pinnochio à oublié les stratégies
Pénélope oubliera l'exigence de trouver ce qu'elle veut.
elle jouit.
débarrassée de la peur.
 Satisfaite.
Comblée par l'intensité de son désir
sans retenue.
Instant de vie sans conditionnel.

Pénélope regarde Pinnochio,
il est malade mais il n'est pas si affreux,
 il est caché comme les autres hommes
elle en a connu d'autres Pinnochio attachés
par les fils des rôles qu'ils s'étaient attribués.
Elle pense à son premier
Ulysse, celui qui avait laissé quelques taches de sang
sur sa culotte bleue,

et qui avait disparu.
elle avait attendu
 puis elle avait fermés ses yeux mouillés,
elle n'était pas encore Pénélope.

Pinnochio est étranger, par ses origines,
enfant,
timide souffrant de ne pas avoir le courage de supporter
sa différence.
grand,
 il s'est tué dans le mensonge pour ressembler à
une norme.
il invente une vie pour ne plus sentir sa différence, pour
effacer les blessures de l'école,
 les regards sur sa peau bronzée
il est tombé malade
la maladie de plaire, l'isolement des secrets,
Pinnochio malade.
Petit, est ce que personne a su lui dire qu 'il allait à
l'encontre de sa nature,
que de ressembler aux autres c'était perdre.
Que manger épicé, aimer la cannelle et passer ses
vacances en Algérie ce
n'était pas grave.
Est-ce qu'être différent c'est grave?

"ta mère ne t' as pas dit que tes cheveux bouclés
et tes yeux sombres sont beaux, et qu'il ne suffisait pas
de s'appeler Martin
pour être en paix?.
Que si tu renonces à toi, tu renonces à la vie.
Tu condamné à
l'errance.

Qu'est ce qui pousse quelqu'un à s'échapper de soi?
 les autres?
 lui même?
Pinnochio a t 'il grandit trop vite ?
tordu, ou a t'il été profondément blessé, mais par qui,
par quoi;
On ne peut pas naitre Pinnochio,
 pour Pénélope, c'est une éventualité impossible.
Sa mère avait elle sur le sein un Pinnochio?

"La mythomanie: tendance constitutionnelle à
l'altération de la vérité, à la fabulation, au mensonge,
et à la création de fables imaginaires, cette tendance
pathologique plus ou moins volontaire et consciente
n'est donc pas que l'action de fabuler ni de mentir c'est
une constitution, un type de déséquilibre"

Pénélope passe du temps à imaginer ce qu'a été son
Pinnochio,
elle essaie de passer dans l'autre univers pour faire
mourir l'inconnu sac à dos.
Pénélope a décidé de faire mourir Pénélope.
Elle doit se souvenir de tout
pour pouvoir oublier ce qu'elle a été.

elle oublie l' après-midi à la gare, il l'avait attendu,
s'était préparé.
Il lui avait offert un bel hôtel, il avaient mangé, ils
avaient rit,
 ils avaient fait l'amour.
elle oublie la promenade, un marché aux oiseaux.
les bras protecteurs.

« -celui qui porte un déguisement s'expose au risque de se faire démasquer «
persister à croire qu'il y a un lien alors que tu es absent, me déplaît.
je préfère te dire bonne route."

- tu n'es pas présentable, tu n'es pas ce que j 'avais imaginé, je te regarde, et je ne peux
m'empêcher de t'aimer. Moi Pénélope j'aime
 ta trahison,
ton jeu sournois,
ta faiblesse .
 Imaginer un autre
 tes romances.
Moi,
 recherche de vérité, et d'amour absolu.
je n'ai pu résister à la tentation de me faire estimer par Toi. "

"-tu as eu honte de ce qui s'est passé la nuit dernière?
_j'ai eu honte mais maintenant j'en suis fière.
 _ tu ne regrettes rien?
-tu m'as raconté une histoire d'amour. ce n'est pas la première fois que je touche cette folie,
 aimer;
quand un homme et une femme s'aiment, n'est ce pas de la folie?
 je suis une malade aimant un malade, situation presque banale finalement. On est des
amoureux qui s'inventent.

-je ne suis pas incurable

- tu prends juste conscience de ta maladie. je t'éveille.

-je prendrai la fuite.

- je sais. tu partiras loin.

après avoir joué les amoureux transis, Pénélope
et Pinnochio vont jouer un autre jeu .

ils joueront l'anti-couple.

ils seront des amants.

Ils penseront il n'y a que là qu'ils sont vrais.

ils ne se diront plus l'amour, ils le feront. Ils ne feront
que ça

ils n'entendront plus de leurs bouches des je t'aime, ils
ne se verront que

quelques fois au hasard de leurs caprices.

Ils ne se raconteront presque rien de leur vie, pensant
éviter l'intimité,

pourtant nus l'un conte l'autre.

Après s'être forcés à éprouver, ils s'efforceront de ne
rien éprouver.

Ils ironiseront leur romance passée

Quand Pénélope parle de son crapaud aux autres elle
essaie de ne jamais

employer des termes qui peuvent la conduire
à son affectivité.

elle parle de lui en utilisant des mots qui donnent de la
distance

ou qui le diminuent. Elle dira mon mytho, le salop,
le pathologique.

Elle ne sera pas ce qu'il lui dit.

Si même il lui donne une
existence.

" alors tu as mangé ta petite boîte de petits pois?
 seule elle est triste sous ta
couette en pensant à moi?
- non j'ai pleuré ta photo sous l'oreiller.
- nous on ne sera pas les promenades dans la forêt avec
un cache nez, et un
paquet de marrons chauds dans les mains.
_nous on sera...nous

Pénélope jouant avec Pinnochio ne se rend pas compte
qu'elle apprend à ne
pas aimer l'amour.
Pénélope apprend avec Pinnochio à assassiner le
romantisme,
à dénigrer les princes et les princesses,
 elle apprend à dénigrer les déclarations d'amour,
les clairs de lune,
les violons et les roses.
Ce n'est plus pour eux
c'est du passé. c'était du décor. Ils n'ont plus de décor.
ils n'ont que
leurs corps.
 fin du carnaval
n'ont-ils pas de beaux vêtements eux aussi?
Pinnochio s'est attaqué à la partie vivante de Pénélope.

non, c'est pour les autres. nous on est différent.
 _je te manque?
-non
 _tu veux que je vienne te voir?
 _ oui si je suis disponible.
-je t'appellerai peut être.
Je dois aller acheter un lit.

_ on se verra mais je dois aller d'abord au théâtre. Si on
se voit c'est après.
- bon je te laisse peut être que je te rappelle plus tard.
-ne m'appelles pas trop, je vais m'y habituer,
c'est pas bon.
-oui c'est pas bon. bon salut.
_ salut crapaud
_salut grenouille."

" j'ai envie que tu restes.
_non tu me fais peur je ne veux pas que tu t'attaches
-non, toi non plus ne t'attache pas je ne t'aime plus.
-je reste?
- non c'est trop tard, pars maintenant. Allez.

Pinnochio appelle tous les soirs. Pénélope aime ses
coups de fil mais ne lui dira pas.
Parfois elle éteintson téléphone pour ne pas lui montrer
qu'elle pourrait l'attendre.

Elle ne sait pas si il invente ses journées
encore, mais elle aime l'entendre.
Elle aime quand il pense à lui demander
si elle a passé une bonne journée
elle aime savoir qu'il est là, malgré tout; et qu'ils se
verront bientôt
ou dans longtemps mais ils se verront.
Ils feront l'amour.
Elle n'est pas seule.
Elle n'a pas le coeur libre et
elle aime cette idée.

Chaque mois Pénélope et Pinnochio trouvent une date de rupture.

" Ce sera le deux.

-oui c'est bien il faut.

-oui il faut trouver une autre configuration.

- n'oublie pas le deux on est dans une autre configuration."

_je t'appelle la semaine prochaine.

_pourquoi pas en février.

_ok à demain.

_à demain.

une séparation, partie remise.

l'inconnu. Pinnochio pourra t'il choper sa propre rencontre. Il a fui l'éveilleuse.

La fée bleue,

 Il a fui l'amour. Combien de fois a t il fui, combien de déchirures s'est il construit?

que fera t'il après Pénélope? Prédateur ou en voie de guérison. Personnage ou personne à rencontrer.

je ne vais pas attendre que tu m'aimes.

je ne vais pas attendre que tu sois là

je ne vais pas attendre que l'on construise

je ne vais pas attendre que tu sois autre

je ne vais pas attendre que tu reviennes

je ne vais pas attendre que tu me trouves merveilleuse

je ne vais pas attendre que tu me quittes.

je ne vais pas attendre le bonheur.

je vais vivre sans toi.

Mais Pénélope connaît déjà cette scène, Elle passera et elle espère avec un
autre de ne pas refaire un bide.
Ce n'est qu'une répétition,
 Cette fois ce sera moins long.

Ils font l'amour encore. le matin ils prendront leur petit déjeuner ensemble, pour éviter le sentiment de consommation.

Pinnochio n'est pas seulement mythomane il est...
Pénélope apprend vite et
semble douée.

Coups tordus pour Pénélope.
on se voit?
oui. je suis au café.
à tout de suite.
je te présente mes parents.

Pinnochio fait une thèse.
elle laissera Pinnochio parler de son personnage.
les verres se vident,
et là, Pénélope assassine son Pinnochio devant les faux spectateurs.
elle révèle le contenu du sac à dos vert et noir.

"tu me donnes la main.
-non

ne me dis pas que tu as besoin de ça
-ben oui et alors?
-on pourrait nous voir.
et... tu serais ma honte..
silence de Pinnochio
bon donne la, ta main de jeune amoureuse.
-non.

tu étais belle, pure naïve et sensible,
je t 'ai souillée.
je suis devenue tordue, sournoise, et je détruis.
 je te détruis toi.
tu te détruis toi.
oui, tu es dangereux et invivable pour les autres."
sourire de Pinnochio.
sourire de Pénélope,
 "mais c'est toi qui va mourir."

"Ca serait bien que l'on se fasse un petit Noël.
Pénélope victorieuse: non, les amants ne font pas ces
choses là.
on est pas des amants.
on est quoi ?
tu et une histoire qui compte.
 je t'aime bien.
on dit je t'aime ou rien.
On est des amants.
non.
pourquoi tu voudrais être plus pour moi?
je suis plus. Tu es amoureuse
tu m'aimes toi?
je t'aime, mais je ne suis pas amoureux.
alors tu n'est rien. Tu as cessé d'être dans le sac à dos.

tu es mort. et je suis morte.

Pénélope est morte, Pinnochio est mort.

je t"aimerai jusqu'à que la mort nous sépare.

je t'aimerai jusqu'a que la mort nous sépare.

  Il dit , un soir les lèvres près de son sein.
un soir, il décide de mourir.il décide de mourir pour
elle. Il lance à sa famille un je vais aller" mourir"
comme il aurait pu dire je vais sortir la poubelle.
Mais il y' a le mot magique, mourir ,
alors il s'enfuit et les autres paniquent;
comme si la mort n'était pas assez mystérieuse.
Ce soir il a décidé de mourir pour elle. Il appelle
sa famille,
quelques copains.
"allo, je suis nul, je l'ai faite souffrir, je ne peux pas
vivre sans elle".
Dans ces moments là on a envie parfois de dire
"ben pourquoi tu m'appelles"
la mort n' a pas besoin de justifications.
un soir il décide de mourir; pour elle, c'est toujours
pour elle. il s'abandone dans un ravin, les veines
pleines.
mais il est accompagné.
 on n' aide pas à mourir. on aide à survivre.
son pote téléphonera et il sera sauvé.
un soir il décide de mourir pour elle; il pense à elle, les
yeux pleins.

 je veux mourir pour elle.

pourquoi ne dit on pas je vais vivre pour elle et je la ferai vomir de mon bonheur.?

"allo, si tu ne reviens pas je vais mourir, je ne vais pas pouvoir, je suis plus rien,

je ne pourrai pas".

l'autre devrait répondre: "ce serait mon plus beau cadeau d'anniversaire!".

Mais non l'autre. elle. est imparfaite. pleure, puis appelle tous et toutes

pour leur dire l'effroyable nouvelle. Elle pleure mais se félicite aussi. moi je, pour moi, quelqu'un va partir.

elle est encore reine

il est encore le valeureux chevalier.

l'histoire existe.

il pleure dans les bras, il pleure les photos d' elle, les photos de sa reine, dans le livre qu'il ne lit jamais mais ouvert aux regards.

des autres qui ne lui diront rien, mais qui se diront inévitablement

il est tellement malheureux, il est pris. Il est amoureux; certains iront le lui dire à elle. Il a gagné.

 l'histoire existe.

il est mort dans sa vie. Il ne vit que pour elle

il parle d'elle

il pense à elle

elle est tout il n'est plus rien. Une épave. il ne sait pas que c'est un

arrêt.

la mort n'est pas ne plus avoir d'orgueil, de rêves, une dépendance, une obsession.

La mort n'est pas elle;

il pense à l'enfant qu'il berçait pour elle, un bout d'elle;
il pense aux parures qu'il achetait pour décrocher un
sourire d'elle.
il pense. il la désire...
il pleure encore, encore. Il la pleure, elle.

il oublie la mère, qui le berçait, qui lui caressait son
front un soir de fièvre.
 Il oublie le père qui racontait des histoires en
utilisant ses peluches.
 il oublie qu'ils l'ont amené à l'école, au foot,
à la piscine, au tennis, en vacances en Italie.
Il a regardé les étoiles
il a bu des téquilas paf,
il a louché sur les seins de sa prof de maths.
Il oublie le sourire et la larme qu'il a déposé sur la
petite bouille encore rouge,
naissance du mot papa.
il oublie tout pour la reine. c'est fou ce qu'on peut aimer
quand on est séparé !
 Il lui abandonne sa mémoire, après lui avoir
abandonné son carnet
de chèque,
son boulot qui ne lui plaisait pas à elle, son chien qui
laissait trop de poils
dans l'appartement de belle; Et puis son enfant, il ferme
les yeux et
n'entend plus l'enfant qui" lui crie papa, pourquoi t'es
plus là"

il abandonne son fils juste parce que c'est un bout
d'elle. elle.

un puis un coup de téléphone pour elle.
elle pleure, il est mort le chevalier.

son amour est mort.

le jeune amoureux qui avait décidé de mourir pour elle,
est finalement mort.
Il sourit dans les bras d'une autre déésse , il sourit pour
une autre.

silence de la jeune reine, dans son appartement elle se
laisse partir.

heure du décés: vingt deux heures et trente minutes.

Exil.

le vieux et son amazone

c'est dans le pays des pluies sur la tôle, des fruits à pain
et des mangues,
qu'il y a leur histoire. un souvenir honteux et
merveilleux pour l'amazone.
une photographie et une dette pour le vieux.
l' amazone est une blanche métropolitaine, jeune.
Le vieux est noir. né dans
l'île. Il est presque beau.

ils se sont trouvés il taillait des noix de cocos, elle allait travailler
dans un centre pour enfants fous. Il sont sur une plage.
plage pour rencontre,
plagios signifiait en grec en pente, et par extension du sens figuré s'appliquait à tout ce qui moralement paraissait ambigu, sournois fourbe.
 Sur une plage, il y a leur rencontre

Il est séduit, elle est libre. Elle aime apprendre.
 il a compris. Il la
veut.
Il commencera par lui apprendre son artisanat, sa cuisine; puis son pays. Il
l'emmène
pêcher des écrevisses, il lui montre ou trouver des ignames, du bois d'inde.
il est poussé
par son désir. Il la veut.
l'amazone fait semblant de ne pas voir. elle nie, elle le nie
elle a décidé de ne jamais être à lui. elle sera abstinente.
elle est élève, docile. elle l'écoute.
Il fait tout pour la conquérir. Il tombe amoureux. le vieux, amoureux.

"je ferai de toi une amazone une femme forte, une femme qui n'a plus
peur.
 Une petite sauvage.
je t'apprendrai tout ce que je peux.

Soirée avec chants de grenouilles
 l' amazone marche pieds nus
 le vieux l'emmène faire
un baptème. un rituel du vieux. Il l'emmène près d'un
cacaotier.
il lui mettra du cacao sur le visage, puis sur les mains.
le vieux sourit, l'amazone, petite blanche, est prise, elle
retrouve son enfance.
Aventure, et jeu, complicité et secret. Il la voit femme,
il la veut femme,
elle se sent petite fille , ignorante des dérives.
Innocence.

elle a envie de crier papa, lui est prêt à l'inceste.

"je veux t'appeler cacao?"
pourquoi?
Parce que le cacao c'est international; tout le monde
aime.

un inconnu interrompt le vieux."le cacao c'est aussi une
drogue."
l'inconnu part et laisse un silence entre le vieux et
l'amazone.

le vieux sourit, il laisse apercevoir sa vulnerabilité
devant la petite
 Le vieux presque beau, est beau; C'est beau, un
homme amoureux.

l'amazone ferme les yeux, elle ne répondra pas.

danger, un soir l'homme embrasse la brune timide, elle tremble et lui
retient la main.
"je deviens fou près de toi.
je ne te désires pas.
juste ce soir, fais semblant.
non.
tu es dure avec moi.
elle lui caresse la joue.
je suis ton amazone. forte et sans peur.
c'est ce que je voulais.
mais...
tu veux faire de moi, ta putain, maintenant?
je t'aime Cacao.

je te veux à moi, ce soir. je veux goûter mon chocolat.
les choses agréables cachent une âme insidieuse."

Sur la terrasse grise, près du feu, elle s'est laissé faire, elle n'a pas
crié, elle l'a laissé entrer.
le vieux regarde la petite, il plonge dans ses yeux bleus devenus noirs ,
il a perdu son amazone.

elle est dans la maison de l'amant. il l'a baisée.
elle lui a fait l'amour.
l'amant n'aime pas.
elle aime se retrouver chez lui. oublie des
responsabilités, pour une nuit,
un matin et un café.
" nous ne sommes pas ensemble" lui a dit l'amant

"j'aime lui laisser croire que je n'ai pas compris." pense l'amante.

Femme seule

"je suis une handicapée sociale.
jeune,
maman,
célibataire;
 oui, trois handicaps pour une même personne."
annonce violette, pour site internet.
irrévérence.

l'histoire du soir, les Chocapics du matin, la boite de goûter pour l'école...
les papiers pour le dossier procès avec le père.
 les examens de la faculté,
le rendez vous du psy
l'épilation des jambes avant l'amant,

"tête sac à dos". vie pleine.

" j'ai décidé que je ferai des études, que je travaillerai pour ne pas compter sur l'état, que mon enfant aurait des vacances chaque année
j'ai décidé que j'aurai aussi des loisirs et un amant;
elle veut tout. être une maman comme les mamans du portail vert, étudiante,
elle ouvre les portes d'une carrière.
elle veut encore pouvoir jouir dans les bras d'un homme.

Parfois elle aimerait pleurer dans ses mêmes bras,
parce que quand elle se couche enfin
aprés l'histoire du petit,
elle n'a pas de pieds chauds sur les siens. l'odeur du
plaisir, dans son lit,
chaque soir.
la société lui a lancé un défi. elle s'est fait un contrat
avec elle même.

je réussirai.

je réussirai pour moi, mais aussi pour lui, son enfant.
Le petit qui n'a pas
un papa pour le guider chaque jour vers sa vie
d'homme.
Femme qui se culpabilise.
elle s'arrache de sa petite main en allant travailler, elle
s'en veut quand
elle ne peut pas lui offrir le cinéma.
elle se déteste quand elle échoue à un examen
elle serre les dents quand
l'école lui rappelle qu'elle n'a pas ramené le cahier de
correspondance...

Dans le lit de l'amant, elle oublie. elle est bien.
Etat de grâce.
 Il l'a
fait jouir plusieurs fois.
elle regarde les yeux noisettes, elle aimerait lui dire,
c'est interdit;
l'amant n'aime pas.

l'enfant sur le dos,
les pleurs du soir;
les courses dans les deux mains et
les doigts rouges, coupés par le plastique, femme
mulet;
juste pour se prouver qu'elle n'a besoin de personne.
elle est parfois trop emplie
d'orgueil. la vulnérabilité reviendra le soir dans son lit
avec du chocolat et des kleenex,
 parfois.

 elle se révolte.
elle ne supporte pas le terme de "mère isolée" qu'elle
doit cocher sur la
feuille de la caf tous les trois mois.
isolée de qui ou de quoi? " le parc et les enfants, les
amis, l'amant, les
sorties un samedi sur deux. les expos
la fac...
elle n'aime pas les "plans dragues" sur le compte de son
fils. quel homme a
envie de prendre en charge un enfant qui n'est pas de
ses testicules?
elle hait les hommes qui pensent qu'elle cherche un
pigeon pour enfin se reposer
elle veux réussir seule
elle crache sur les discours des enfants divorcés.
mon fils est heureux!

elle pourrait pousser les vieilles peaux sous une voiture
qui insinuent qu'elle a porté la vie dans son ventre pour
les allocations
elle méprisera l'homme enfant, trente cinq ans, qui vit
sur les impôts des
autres et qui lui jettera l'une des phrases assassines:
 "je ne comprends pas
ces femmes qui oublient
leur pilule."
il ose, devant elle.
Elle ne lui racontera pas qu'elle s'est
juste engagée dans sa vie
elle provoque les hommes avec ces discours trop
féministes, ces projets de
peinture sur la sexualité. elle s'est faite une carapace,
souvenir et trace
de la violence d'une main.

elle s'émerveille devant l'enfant, elle a peur des
décisions qu'elle prend
pour lui, parce qu'elle les prends seule.
le petit est fort, plus courageux qu'elle, souvent.
Il a oublié de pleurer
quand il quitte son papa.
il a appris à attendre
les câlins et les bisous
parce que maman est épuisée pour les lui donner ou
parce qu'elle l'a trop fait dans le cadre, l'autorité et les
limites
elle en oublie d'être simplement une maman.

Trente cinq métres carrés de bonheur.

absence, un week end sur deux.
silence dans la chambre bleue.

plaisir, distraction ou aventure.
une femme amoureuse baise toujours bien.

"j'ai craqué dans les bras de l'inconnu, j'ai cassé la
carapace. j'ai été
fragile, douce et docile. "
chut! ce n'est plus à la mode la sensibilité.

séduite?
il râle le matin, il pète, il lui demandera de partager les
frais d'une
boite de préservatifs,
il panique lors d'une panne edf. Il doute.
 Elle rit longtemps,
un soir,
après une conversation téléphonique. c'est ses
colocataires qui choisissent l'heure des repas, pas lui,
alors il ne pourra pas venir rapidement...(les
hommes nous prennent souvent pour des attardées)
il s'écorchera quand il posera le mot "bisou" sur un
texto.

midinette?

  c'est le seul à se faire de la Blèdine au chocolat, à
ramener des Dolipranes à onze heures du soir, même si
c'est un prétexte,
à ne pas hurler
quand

elle vient de renverser une bouteille d'eau sur les copies
qu'il corrigeait

chut! ce serait trop pour son égo.

elle pense à lui, lui qui avait fait d'elle un papillon de
nuit,
un papillon
qui crie.